ARNAUD PHILIPPE

PREMIERS

SANGLOTS

DE L'AME.

AIX

IMPRIMERIE DE J. NICOT, COURS, 55.

1869.

ARNAUD PHILIPPE

PREMIERS

SANGLOTS

DE L'AME.

AIX

IMPRIMERIE DE J. NICOT, COURS, 55.

1869.

A LA MÉMOIRE VÉNÉRÉE DE MON PÈRE

A MES PARENTS.

A mes Amis.

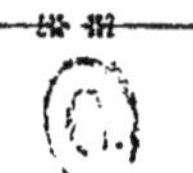

DOULEUR

(Sophocle, *Electre*, V. 86).

I

C'est une pénible existence
Que celle qu'on mène ici-bas,
Lorsqu'on a perdu l'assistance
De ceux qui dirigeaient nos pas ;
Mais c'est surtout le soir quand déjà tout repose
Et qu'on entend à peine un murmure confus :
Alors de nos malheurs nous recherchons la cause,
Nous pensons malgré nous à ceux qui ne sont plus.
Alors les âmes les plus fières
Tombent sous le poids des douleurs,
Alors nous sentons nos paupières
Tout à coup se mouiller de pleurs.
Alors, alors surtout la mort serait un bien,
Nous briserions gaiement le fil qui nous retient !

Seigneur pourquoi ne pas permettre
A l'homme d'abréger ses jours,
Lorsqu'il est abattu peut-être
Ou qu'il est faible et sans secours ?
Hélas ! vous le savez, Seigneur, que l'âme humaine
Ne saurait supporter de trop longues douleurs,
Pourquoi vous plaisez-vous à resserrer la chaîne
Qui nous retient ici quand nos vœux sont ailleurs ?
Heureux celui qui dès l'aurore
Voit les cieux se rouvrir pour lui
Lorsqu'il ne connaît point encore
Les maux apportés par l'ennui ;
Oh ! mille fois heureux celui qui peut partir
Sans avoir entendu tout un monde gémir !

Pardonne, ô le meilleur des pères,
Aux pleurs versés par tes enfants,
Car les larmes sont nécessaires
Pour se consoler des absents.
Et depuis que lassé des misères du monde,
Tu nous as tous quittés pour un séjour plus doux,
Nous sommes accablés d'une douleur profonde
Et d'un cruel destin nous supportons les coups.
Nous nous représentons sans cesse
Le feu qui brillait dans tes yeux,
Quand tu nous préchais la sagesse
Comme quelqu'un venu des cieux,
Et nous pleurons alors comme on pleure toujours
Lorsque l'on a perdu les auteurs de ses jours.

Je pense encore à ton langage
Qui mit tous nos cœurs en émoi
Lorsque déjà sur ton visage
La mort avait posé son doigt :
Tu nous disais : « Enfants, je vais rendre mon âme
« Au Dieu puissant et fort, maître de l'univers
« Je me sens fortifié par la divine flamme
« Qui m'a toujours conduit loin des sentiers pervers.

« Oh ! la mort est la délivrance
« De cette prison d'ici-bas,
« C'est la fin de toute souffrance
« C'est le dernier de nos combats ;
« Ne vous lamentez pas, mes enfants, sur mon sort,
« Quand on a bien vécu l'on ne craint pas la mort. »

II

Et puis, comme accablé par ces paroles saintes
Ta tête se pencha tout à coup sur ton sein,
Il se réalisait le sujet de nos craintes.
Hélas ! tu n'étais plus, nous t'appelions en vain !
En vain nous nous disions : il vit encor peut-être.
Ton âme était passée dans ce dernier effort
Et nous étions enfin forcés de reconnaître
Ton entrée parmi nous, ô mort cruelle mort !....
Le coup qui me frappait était par trop terrible
Pour que je pusse alors respirer librement :
Jamais, jamais la vie ne me fut si pénible
Ma douleur augmentait de moment en moment.
Le voir pâle et sans vie ce plus tendre des pères
Lui dont naguère encore nous entendions la voix.
N'est-ce pas là, mortels, le sommet des misères ?
Sont-ce pas là, Seigneur, tes plus sévères lois ?

III

Parfois sous l'horizon immense
La nuit quand tout est endormi
Des ombres viennent en silence
Se pencher sur nous à demi.
Ce sont les âmes de nos pères,
De nos amis ou de nos frères
Qui quittent un moment les cieux ;
Et quoiqu'elles soient invisibles
Leurs visites nous sont sensibles,
Nous sommes après plus joyeux.

S'il nous était donné d'entendre
Et de voir leurs chœurs dévoilés,
Sans peine nous pourrions comprendre
Que nous sommes des exilés,
Que nous croupissons dans la fange,
Que notre vie n'est qu'un mélange
De misères et de douleurs,
Que c'est à notre heure dernière
Que nous verrons la vraie lumière
Lorsque se tariront nos pleurs.

A tes promesses sois fidèle
Oh ! viens toi qui nous aimais tant,
Toi qui pendant ta vie mortelle
Fus toujours pauvre mais content,
Viens souvent revoir la demeure
Où tout nous retrace à cette heure
Le souvenir de tes vertus.
Viens et bannis notre tristesse
Viens et ramène l'allégresse
Nos cœurs sont toujours abattus !

Viens revoir cette pauvre terre
Où vit encor ton souvenir :
Voici l'ombrage solitaire
Où j'allais seul t'entretenir ;
Là, tu me parlais de la gloire,
Ici tu me disais l'histoire
Des grands hommes des temps nouveaux ;
Je goûtais, malgré ma jeunesse,
Les causeries de ta vieillesse
Qui seront pour moi des flambeaux.

IV

Si tu dus regretter quelque chose, ô mon père,
O sage et bon vieillard,
C'est de ne pouvoir pas en quittant cette terre
Contenter ton regard.

Trois de tes fils manquaient à ton adieu suprême,
    Et cependant tu vois,
Qu'ils eussent sacrifié leur santé, leur vie même,
    Pour entendre ta voix.

Rien que trois jours après l'on voyait en personne,
    Par un soleil très-beau,
L'aîné de tes enfants orner d'une couronne
    Ton modeste tombeau.

Repose donc en paix, ô toi dont l'existence
    Fut tranquille toujours.
Mais de la grande vie qu'entrevoit l'espérance
    Qui peut troubler le cours?...

1er *novembre* 1868

SIX MOIS APRÈS

EN ALLANT VISITER LE TOMBEAU DE MON PÈRE.

O toi que maintenant je pleure,
Toi qui vivais naguère encor
Aussi paisible en ta demeure
Que le petit enfant qui dort ;
Toi qui trouvais dans la retraite
Le vrai bonheur et la gaîté,
O bon vieillard quelle tempête
A brisé ma félicité ?

Toi qui portais sur ton visage
La marque de rudes travaux,
Toi qu'on vit depuis le jeune âge
Vaincre des obstacles nouveaux,
Et qui luttant, luttant sans cesse
Parvins à force de labeur
A te passer de la richesse,
A suivre la voie de l'honneur ;

Dis-moi si des champs de l'espace,
Tu peux voir encor tes enfants,
Si tu les contemple avec grâce
Quand du vice ils sont triomphants ;
Si la vue des douleurs humaines
Ne te fait pas prier pour moi
Afin que Dieu, brise les chaînes
Qui me retiennent loin de toi.

Va, notre plus douce espérance
C'est d'aller te revoir aux cieux,
Quand le jour de la délivrance
Viendra nous dessiller les yeux :
O mon père, quelle joie pure
Réjouira surtout nos cœurs,
Lorsque de cette terre obscure,
Tu nous verras sortir vainqueurs,

4 mai 1869.

SUR LA MORT DE M. DE LAMARTINE.

I.

O Muse des regrets, divinité propice,
Qui pleures en voyant le malheur des mortels,
Viens fortifier ma voix encor faible et novice,
Viens conduire mes pas vers les sacrés autels.
Mon cœur est inondé d'une tristesse amère :
Hélas! la poésie est en deuil aujourd'hui !
Elle verse des pleurs comme une tendre mère
Qui voit mourir son fils, sa gloire et son appui.
La France consternée garde un morne silence,
L'auteur de *Jocelyn*, le grand poëte est mort :
Qui n'a de ses écrits reconnu la puissance ?
On sent en les lisant comme un divin transport.
Lui seul eut le secret de toucher, de séduire,
Lui seul sut nous charmer sans nous lasser jamais,
Sa voix douce toujours savait pour nous instruire
Émouvoir nos esprits, nous laisser enflammés.

On le vit méditer, dès sa tendre jeunesse,
Et travailler déjà pour le commun bonheur,
Il ne quitta jamais la voie de la sagesse,
Et l'on cite partout les traits de son grand cœur.
L'Arabe du désert aime encore à redire
Qu'il a vu ce mortel favorisé des dieux,
Qu'il entendit jadis les accents de sa lyre
Et qu'il se crut alors transporté dans les cieux.
L'Orient, l'Italie conservent sa mémoire,
Ils l'ont vu jeune encor cet homme au cœur si pur,
Venir interroger les berceaux de l'histoire,
Chanter ses premiers vers sous leur beau ciel d'azur.
Il n'est plus cependant, il est mort Lamartine,
Il a rejoint déjà l'ombre de son enfant;
Maintenant jusqu'à lui sa Julia s'incline
Et pose un doux baiser sur son front triomphant.

II

C'est lui, c'est le divin poëte
Qui vient de terminer ses jours,
La sainte lyre du prophète
S'est tue cette fois pour toujours!
Pleurez celui qui sur la terre,
Rêveur profond et solitaire
Chantait pour élever vos cœurs,
Vous tous qui l'avez vu peut-être
Souvent près de vous apparaître
Et d'un mot guérir vos douleurs!

Combien sa présence était chère
A ceux qui savaient sa bonté !
Fidèle aux leçons de sa mère
Il pratiquait la charité.
Il était sourd à toute injure,
Il donnait, donnait sans mesure,
L'or ne restait pas dans ses mains;
Tous les jours quelque œuvre pieuse
Rendait son âme plus joyeuse,
Venait étonner les humains.

C'est lui qui dans nos temps d'orage
Combattit le drapeau du sang;
Seul il osa braver la rage
De tout un peuple frémissant.
Paris, cette cité terrible,
Paris, cette ville invincible,
Qui fait trembler surtout les rois;
Paris, la cité vengeresse,
Dont le torrent gronde sans cesse,
Jeta les armes à sa voix.

N'est-ce pas sa plume fidèle
Aux leçons de la liberté,
Qui nous a tracé le modèle
Des vrais chefs-d'œuvre de beauté?
On aperçoit toute son âme
Dans son histoire du grand drame (1)
Qui nous fait tressaillir encor.
Son éloquence poétique
Revêt d'une couleur magique
Les hommes de cet âge d'or.

Sa vie fut une longue lutte
Pour affermir nos droits sacrés;
Il éclaira le peuple en butte
Aux ennemis de tout progrès;
Voyez-le toujours sur l'arène,
Sa voix nous frappe, nous entraîne,
Nous fait tomber à ses genoux;
Et par sa puissance infinie
Cette voix d'un brillant génie
Nous persuade malgré nous.

III

Silence maintenant, excusons sa faiblesse,
Il n'a que trop gémi sous les coups du malheur.
S'il a tendu la main dans ses jours de détresse,
Il n'a pu s'avilir ni perdre son honneur,

(1) *Histoire des Girondins.*

Lui qui nous retira des bords d'un précipice,
Lui qui fut le sauveur de la France en courroux,
Pouvait sans dépasser les droits de la justice
Compter sur son passé et s'adresser à nous.

On ne le comprit pas et ce fut une honte
Pour ceux qui connaissaient cet homme de génie,
L'histoire quelque jour, l'histoire rendra compte
De cette ignominie.

Laisser dans le besoin le doux chantre d'*Elvire*,
Nos neveux ne pourront l'apprendre sans rougir.
Répondre à cette voix par un amer sourire
Quel affreux souvenir!...

IV

Dors en paix maintenant dans ta douce retraite,
Dans ce riant séjour par ton cœur habité,
Repose maintenant, chaste et noble poëte,
Dans la tranquillité.

Pour nous nous bénirons chaque jour ta mémoire,
Tes chants, tes chants si purs chacun les retiendra ;
Ton amour des humains est un titre de gloire
Que rien n'effacera.

4 *Mars* 1869.

A MON AMI A. G.

Je n'oublirai jamais la grâce, ton sourire,
Tes discours passionnés souvent jusqu'au délire,
Nos conversations à l'ombre des peupliers,
Nos courses dans les bois à travers les coudriers,
Enfin nos excursions sur les monts, dans la plaine,
Nos riants déjeuners au bord d'une fontaine :
Je pense tous les jours à toi, fidèle ami,
Et sur ton sort cruel j'ai bien souvent gémi.
Bien souvent j'ai versé des pleurs sur l'infortune,
Sans me douter, hélas! qu'à tous elle est commune,
Que nul mortel jamais de ses coups n'est exempt,
Qu'elle nous frappe tous de son glaive sanglant.
A sa vue, cher ami, souvent je me demande
S'il est une autre vie d'où celle-ci dépende ;

S'il reste quelque chose au-delà du tombeau
Ou si l'âme s'éteint comme un pâle flambeau,
Car quoiqu'à peine encor au début de la route
Déjà, déjà mon cœur est blessé par le doute ;
Déjà j'ai réfléchi et dans certains moments
J'ai demandé leur cause à tous les éléments,
J'ai contemplé les cieux, la terre rempli d'ombre,
Et mon œil s'est perdu dans la profondeur sombre.

Mais la terre, la mer, le soleil et les cieux
Peuvent-ils faire voir la lumière à mes yeux,
Peuvent-ils me prouver que l'âme est immortelle,
Qu'elle a sa source en Dieu, qu'elle est une étincelle
De son souffle puissant, de son doigt créateur
Qu'elle ne peut mourir non plus que son auteur ?
Je me sens effrayé par de si grands problèmes ;
En vain pour m'éclairer j'aborde vos systèmes,
Philosophes profonds, sages dignes d'envie,
Qui voulez expliquer le but de notre vie ;
Vous me laissez toujours dans la même ignorance,
Bien plus, vous m'enlevez jusqu'à mon espérance ;
J'ai lu vos beaux discours sur Dieu, sur l'avenir
Mais ces grands mots quelqu'un peut-il les définir ?

Oh ! quel affreux chaos que notre pauvre terre,
Où tout git confondu dans l'ombre du mystère,
Où le lâche souvent passe pour vertueux,
Où le fourbe se traîne et se cache à nos yeux,
Où le droit du plus fort est la loi véritable,
Où l'or rend l'homme heureux, puissant et redoutable.

Lorsque je vois ainsi l'injustice en tout lieu
Je me sens immortel et je m'adresse à Dieu :
J'espère en sa bonté, je crois à sa puissance,
Je sais qu'il ne veut pas tromper ma confiance,
Qu'au-delà du tombeau, le méchant est puni,
Qu'un cœur pur jouira d'un bonheur infini.

Oui j'en crois le Seigneur, un rayon de sa flamme
Suffit pour dissiper les doutes de mon âme.
La foi rend évident ce que l'œil ne voit pas,
Elle indique le but, elle conduit nos pas.

Ami, ce langage peut-être
Te semble en dehors du sujet ;
Mais déjà tu peux reconnaître
Où peut tendre ici mon projet.

Dans ce siècle d'erreurs sans nombre
Quand tout déserte le saint lieu,
Il est bon que parfois dans l'ombre
Quelqu'un nous parle encor de Dieu.

Il est doux pour l'âme pieuse
D'entendre près d'elle une voix,
Une voix forte et religieuse
Qui dise ouvertement : « Je crois ! »

Oui je crois ! en dépit du doute,
Je dis que nous avons besoin,
D'entrevoir le but de la route
Pour la suivre de loin en loin.

———————

Hélas ! depuis le jour que je t'ai vu partir
Bien des maux sont venus sur moi s'appesantir.
J'ai vu la pâle mort entrer dans ma demeure ;
— O Dieu pourquoi faut-il que toute chose meure ?
J'ai reçu les adieux, consolé le trépas,
D'un père jusqu'ici seul guide de mes pas !
Pardonne à ton ami, à sa douleur amère
Toi qui versais des pleurs au seul nom de ta mère,

Toi qui me racontais ton sort triste et cruel
Et la vie qui ne fut qu'un malheur continuel !
Dis-moi toi qui connus dès ta plus tendre enfance
Les malheurs et le deuil et la noire souffrance,
N'as-tu jamais douté du ciel, de la vertu,
N'as-tu jamais senti tout ton corps abattu ?...
Mais que vois-je ? — La vie, la vie dans la mort même
Là nous aurons pour nous la volupté suprême,
Là nous retrouverons, le père : son enfant ;
L'épouse : son époux ; la vierge : son amant....
Ainsi puisse bientôt sonner ma dernière heure
Et j'irai retrouver celui que mon cœur pleure.

Aix. Imprimerie de J. Nicot, Cours, 55.

www.ingramcontent.com/pod-product-compliance
Lightning Source LLC
LaVergne TN
LVHW050304030726
842520LV00006B/2581